COLLECTION FOLIO

Jack Kerouac

Sur les origines d'une génération

suivi de

Le dernier mot

Traduit de l'américain
par Pierre Guglielmina

Gallimard

Ces textes sont extraits de
Vraie blonde, et autres (Folio n° 3904)

Titres originaux :
ON THE ORIGINS OF A GENERATION
THE LAST WORD

D'origine canadienne française, Jean-Louis Lebris de Kerouac est né dans le Massachusetts en 1922. Il effectue un passage éclair à l'université où il se consacre surtout au football, avant de décider de sortir des sentiers battus. Pour vivre, il exerce tous les métiers : pompiste, cueilleur de coton, matelot, déménageur… C'est en 1944 à New York qu'il fait la connaissance d'Allen Ginsberg et de William Burroughs qui deviennent ses compagnons de virées nocturnes dans les boîtes de jazz où se mêlent alcool, drogue, homosexualité, délires poétiques et musique. Il commence un roman, qui sera publié en français sous le titre *Avant la route.* En 1947, il rencontre son « jumeau », Neal Cassady, et tous deux sillonnent les États-Unis. Il s'inspire de cette expérience pour écrire, en trois semaines sur un rouleau de papier, selon une technique nouvelle, la « littérature de l'instant », *Sur la route,* qui paraît en 1957. Le succès est immédiat et le roman devient le manifeste de la Beat Generation : entraîné par Dean (double de Neal Cassady), Sal (double de Jack Kerouac) abandonne New York à la fin des années 1940 pour se lancer dans un voyage effréné à travers tous les États-Unis. Cocasse ou tragique, le récit prend des allures de quête intérieure.

Kerouac écrit et publie beaucoup les années suivantes : *Les clochards célestes, Docteur Sax, Les anges vagabonds, Big Sur* — roman autobiographique dans lequel le héros cherche à fuir San Francisco et les beatniks, jeunes gens désenchantés, révoltés et anticonformistes —, *Satori à Paris*... Miné par l'alcool et la drogue, Kerouac meurt en Floride à quarante-sept ans en reniant ses amis du mouvement Beat et affichant publiquement des idées conformistes.

Kerouac a mêlé si étroitement sa vie à son œuvre qu'elle en est elle-même la substance. Il est présent dans presque tous ses livres. Dans l'écriture s'enchevêtrent la réalité, les souvenirs, le rêve, les visions, pour aboutir à une méditation sur la vie.

Découvrez, lisez ou relisez les livres de Jack Kerouac :

SUR LA ROUTE (Folio n° 766 et Folio Plus n° 31)

DOCTEUR SAX (Folio n° 2607)

LES CLOCHARDS CÉLESTES (Folio n° 565)

LES ANGES VAGABONDS (Folio n° 457)

SATORI À PARIS (Folio n° 2458 et Folio Bilingue n° 150)

BIG SUR (Folio n° 1094)

LES SOUTERRAINS (Folio n° 1690)

LE VAGABOND SOLITAIRE (Folio n° 1187)

LE VAGABOND SOLITAIRE (choix)/*LONESOME TRAVELER (Selected Stories)* (Folio Bilingue n° 81)

VRAIE BLONDE, ET AUTRES (Folio n° 3904)

LE VAGABOND AMÉRICAIN EN VOIE DE DISPARITION (Folio 2 € n° 3695)

VISIONS DE GÉRARD (Folio n° 5389)

VISIONS DE CODY (Folio n° 5442)

TRISTESSA (Folio n° 5567)

MAGGIE CASSIDY (Folio n° 5568)

Sur les origines d'une génération

Ceci, nécessairement, devra être à propos de moi. J'y vais à fond.

Cette photo de dingue qui me représente sur la couverture de *Sur la route* est la conséquence du fait que je venais de descendre d'une haute montagne où j'avais passé deux mois complètement seul et normalement j'avais l'habitude de me peigner bien évidemment puisque vous voulez vous faire prendre en stop sur la route et tout ça et que les filles vous voient comme un homme et non comme une bête sauvage, mais mon ami poète Gregory Corso avait ouvert sa chemise et sorti un crucifix en argent pendu à une chaîne et dit : « Porte ça et porte-le par-dessus ta chemise et ne te coiffe pas ! », j'ai donc passé plusieurs jours dans San Francisco à me balader avec lui et d'autres comme ça, fêtes, têtes, rôles, bœufs, bars, lectures de poésie, églises, poésie marchée parlée dans les rues, à marcher parler de Dieu dans les rues (et à un moment donné une bizarre bande de voyous sont devenus fous et m'ont dit : « De quel droit il porte un truc comme ça ? » et ma propre bande de musiciens et de poètes leur a dit de se calmer) et finalement le troisième jour le magazine *Mademoiselle* a voulu prendre des photos de nous et j'ai donc posé comme ça, les cheveux en bataille, le crucifix et tout, avec Gregory Corso, Allen Ginsberg et Phil Whalen, et le seul organe de presse qui n'ait pas ensuite effacé le crucifix sur ma poitrine (sur cette chemise en coton à carreaux sans manches) a été le *New York Times*, par conséquent le *New York Times* est tout aussi *beat* que moi, et je suis content d'avoir un ami. Je suis vraiment sincère, Dieu bénisse le *New York Times* de n'avoir pas effacé le crucifix comme si ça avait été une faute de goût. En fait, qui est *vraiment beat* ici, je veux dire si on parle de *Beat* comme « battu », les gens qui ont effacé le crucifix sont vraiment les « battus » et pas le *New York Times*, ni moi, ni Gregory Corso le poète. Je n'avais pas honte de porter le crucifix de mon Seigneur. C'est parce que je suis *Beat*, c'est-à-dire que je crois en la béatitude et que Dieu a tellement aimé le monde qu'il lui a sacrifié son fils unique. Je suis sûr que pas un prêtre ne m'aurait condamné pour avoir porté partout le crucifix par-dessus ma chemise et où que j'aille, même pour aller me faire photographier par *Mademoiselle*. Et donc vous tous, vous ne croyez pas en Dieu. Et vous tous les Marxistes et les Freudiens qui savez tout, hein ? Pourquoi vous ne revenez pas dans un million d'années pour m'en reparler, mes anges ?

Récemment Ben Hecht m'a dit à la télévision : « Pourquoi avez-vous peur de dire ce que vous avez en tête, qu'est-ce qui ne va pas dans ce pays, de quoi tout le monde a-t-il peur ? » C'était à moi qu'il parlait ? Et tout ce qu'il voulait, c'était que je parle *contre* les gens, il a sournoisement évoqué Dulles, Eisenhower, le Pape, toutes sortes de gens qu'il a l'habitude de mépriser avec Drew Pearson, il aurait voulu que je parle *contre* le monde entier, voilà son idée de la liberté, ce qu'il appelle liberté. Qui sait, mon Dieu, si cet univers en fait n'est pas un vaste océan de compassion, le véritable miel sacré, derrière ce spectacle de cruauté et d'attaques personnelles. En fait qui sait si ce n'est pas la solitude de l'unicité de l'essence de toute chose, la solitude de la réelle unicité du futur de l'essence future de toute chose, non, le véritable et pur toujours, cet immense potentiel vide qui peut rayonner à travers tout ce qu'il veut à partir de sa pure abondance, cette resplendissante félicité, *Mattivajrakaruna* le Diamant Transcendantal de la Compassion ! Non, je veux parler *en faveur* des choses, j'élève la voix pour le crucifix, j'élève la voix pour l'Étoile d'Israël, j'élève la voix pour l'homme le plus divin qui ait jamais existé et qui était allemand (Bach), j'élève la voix pour le doux Mahomet, j'élève la voix pour Bouddha, j'élève la voix pour Lao-tseu et Tchouang-tseu, j'élève la voix pour D.T. Suzuki... Pourquoi devrais-je attaquer ce que j'aime au nom de la vie ? Voilà le *Beat.* Vivez vos vies à fond. Non, *aimez* vos vies à fond. Quand ils viendront vous lapider, au moins vous ne serez pas dans une serre, vous n'aurez que votre peau transparente.

Cette photo dingue et intense de moi sur la couverture de *Sur la route* où j'ai l'air tellement battu remonte à bien plus loin que 1948 quand John Clellon Holmes (auteur de *Go* et de *The Horn*) et moi étions assis à discuter de la signification de la Génération Perdue et ensuite de l'Existentialisme et où j'ai dit : « Tu sais, c'est vraiment une *beat generation* la nôtre » et il a bondi et dit : « C'est ça, c'est exactement ça ! » Ça remonte aux années 1880 quand mon grand-père Jean-Baptiste Kerouac avait l'habitude de sortir sous le porche pendant les grands orages pour balancer sa lampe à pétrole et crier : « Vas-y, vas-y, si tu es plus puissant que moi, frappe-moi et éteins cette lampe ! » pendant que la mère et les enfants tremblaient de peur dans la cuisine. Et la lampe ne s'est jamais éteinte. Peut-être, puisque je suis censé être le porte-parole de la Beat Generation (je *suis* le créateur de l'expression, autour de quoi l'expression et la génération ont pris forme), qu'il faudrait souligner que tout ce cran « *Beat* » me vient de mes ancêtres qui étaient bretons, qui étaient le groupe de nobles les plus indépendants de toute la vieille Europe et se battaient sans cesse et jusqu'au bout contre la France latine (même si un grand pote blond sur un navire marchand a ricané quand je lui ai dit que mes ancêtres étaient bretons en Cornouaille, en Bretagne : « Ah ouais, eh bien nous les Vikings on vous tombait dessus pour voler vos filets ! »). Breton, Viking, Irlandais, Indien, dingue, ça ne fait pas la moindre différence, il n'y a pas de doute quant à la Beat Generation, le noyau dur en tout cas, c'est un sacré groupe d'Américains nouveaux résolus à la joie... Irresponsabilité ? Qui n'aiderait un homme à l'agonie au bord d'une route déserte ? Non, et la Beat Generation remonte aux folles fêtes de mon père à la maison dans les années 20 et 30 en Nouvelle-Angleterre qui faisaient un boucan tellement fantastique que personne alentour ne pouvait dormir et quand les flics débarquaient ils buvaient toujours un coup. Ça remonte à l'enfance dingue et délirante passée à jouer au Fantôme sous les arbres balayés par le vent dans l'automne plein d'allégresse de la Nouvelle-Angleterre, et le hurlement de l'Homme de la Lune sur son banc de sable jusqu'à ce que nous l'attrapions dans un arbre (c'était un « vieux » de quinze ans), le rire dément de certains enfants dingues du quartier, l'humour féroce de toutes les bandes qui jouaient au basket dans le parc bien après le coucher du soleil, ça remonte à cette époque folle d'avant la Seconde Guerre mondiale où les adolescents buvaient de la bière le vendredi soir dans les salles de bal au bord des lacs et se débarrassaient de leur gueule de bois en jouant au base-ball le samedi après-midi avant un plongeon dans la rivière — et nos pères portaient des canotiers à la W.C. Fields. Ça remonte au charabia insensé des Three Stooges, aux délires des Marx Brothers (la tendresse de l'Ange Harpo à la harpe, aussi).

Ça remonte aux chansonnettes noires comme l'encre des vieux dessins animés (Krazy Kat et le brave garçon irrationnel) — à Laurel et Hardy dans la Légion Étrangère — au comte Dracula et à son *sourire*, au comte Dracula tremblant et sifflant à la vue de la Croix — au Golem terrifiant les persécuteurs du Ghetto — au sage serein d'un film sur l'Inde, indifférent à l'intrigue — au vieux Chinois Tao ricanant et trottant sur le trottoir dans le vieux Shanghai de Clark Gable — au vieil Arabe vénérable rappelant aux excités que le Ramadan est proche. Au Loup-garou de Londres, un médecin distingué dans sa veste de smoking en velours qui fume la pipe sous la lampe, penché sur un livre de botanique, et tout à coup ses mains se couvrent de poils, son chat miaule, et il se glisse dans la nuit avec sa cape et son chapeau sur l'œil comme les gens qui attendent à la soupe populaire — à Lamont Cranston si élégant et sûr de lui qui devient soudain le frénétique Fantôme avec ses mwii hii hii ha ha dans les ruelles d'un New York imaginaire. À Popeye le marin et à la Sorcière des Mers et aux larges plats-bords des bateaux, à Captain Easy et Wash Tubbs criant extasiés à la vue des pêches au sirop dans l'île des cannibales, à Wimpy les yeux en X à la vue d'un hamburger délicieux comme on n'en fait plus. À Jiggs se penchant brusquement au moment où les meubles de toute une maison lui passent au-dessus de la tête, à Jiggs et aux garçons du bar et au corned-beef et chou du midi des barrières — à King Kong les yeux braqués sur la fenêtre de l'hôtel et rempli d'un immense amour tendre pour Fay Wray — non, à Bruce Cabot avec sa casquette de marin penché sur la passerelle d'un bateau dans le brouillard et criant : « Montez à bord ». Ça remonte à l'époque où on jetait des pamplemousses sur les crooners et où les saisonniers de la moisson, au bar, claquaient le derrière des reines du burlesque. À l'époque où les pères emmenaient leurs fils au match de la Twi League. Au temps de Babe Callahan sur les quais, de Dick Barthelmess campant sous un réverbère à Londres. À ce cher vieux Basil Rathbone à la recherche du Chien des Baskerville (un chien aussi gros que le Loup Gris qui détruira Odin) — à ce cher vieux docteur Watson, les yeux chassieux, le cognac à la main. À Joan Crawford jambes nues dans le brouillard, en chemisier rayé, fumant une cigarette entre ses lèvres peintes à la porte d'un bouge du port. Aux sifflets des locomotives à vapeur au-dessus des pins sous la lune. À Ma et Pa roulant dans le Modèle A pour trouver du travail en Californie à vendre des voitures d'occasion et se faire un paquet de fric. À l'allégresse de l'Amérique, à l'honnêteté de l'Amérique, à l'honnêteté des politiciens véreux d'autrefois en canotiers aussi bien qu'à l'honnêteté des types dans les files d'attente du pont de Brooklyn dans *Winterset,* à cette drôle d'Amérique aux gros poings, pas rancunière pour deux sous, tel Big Boy Williams disant « Hou ? Hi ? Hue ? » dans un film sur les camions Mack et les cantines à porte coulissante. À Clark Gable, son sourire infaillible, insinuant et sûr de lui. Cette Amérique était pleine d'une individualité débridée et confiante, comme mon grand-père, et cela a commencé à disparaître vers la fin de la Seconde Guerre mondiale avec tant de types incroyables qui sont morts (j'arrive à en compter une demi-douzaine dans les bandes de ma propre enfance), quand tout à coup ça s'est remis à émerger, les types à la coule qui ont commencé à traîner en disant : « Dingue, mec. »

Quand j'ai vu pour la première fois ces types qui traînaient du côté de Times Square en 1944, je ne les ai pas aimés non plus. L'un d'eux, Huncke de Chicago, s'est approché de moi et m'a dit : « Mec, je suis cassé. » D'une certaine façon, j'ai tout de suite su ce qu'il voulait dire. À cette époque je n'aimais toujours pas le bop alors introduit par Bird Parker et Dizzy Gillespie et Bags Jackson (au vibraphone), le dernier des grands musiciens du swing était Don Byas qui allait partir pour l'Espagne juste après, mais alors j'ai commencé... mais avant ça j'avais adoré tout mon jazz au Minton Playhouse (Lester Young, Ben Webster, Joey Guy, Charlie Christian et d'autres) et quand j'ai entendu pour la première fois Bird et Diz au Three Deuces j'ai su qu'ils étaient des musiciens sérieux qui jouaient un nouveau son bien allumé et se foutaient de ce que je pouvais en penser ou de ce que pouvait en penser mon copain Seymour. En fait j'étais appuyé au bar une bière à la main quand Dizzy est venu demander un verre d'eau au barman, s'est collé contre moi et a tendu les bras de chaque côté de ma tête pour attraper le verre et est reparti en dansant, comme s'il avait su que j'allais le chanter un jour ou qu'un de ses arrangements porterait mon nom pour je ne sais quelle foutue raison. On parlait de Charlie Parker dans Harlem comme du plus grand musicien apparu depuis Chu Berry et Louis Armstrong.

En tout cas, ces mecs, dont la musique était le bop, ils avaient l'air de criminels mais ils ne cessaient de parler des choses que j'aimais aussi, en longues descriptions d'expériences et de visions personnelles, des nuits entières de confessions pleines d'un espoir qui était devenu illicite et avait été réprimé par la Guerre, frémissement, grondement d'une âme nouvelle (toujours cette vieille âme humaine). Et donc Huncke nous était apparu et avait dit : « Je suis cassé » avec une lumière irradiant de ses yeux désespérés... un mot rapporté de je ne sais quelle fête foraine du Midwest ou d'une cafétéria pourrie. C'était un langage nouveau, en fait du jargon nègre (Noir) mais que vous appreniez vite, comme « dingue » qui voulait dire tellement de choses qu'il aurait été difficile de trouver plus économique. Certains de ces mecs déliraient complètement et parlaient sans arrêt. C'était du jazz. Symphony Sid passait toute la nuit du jazz moderne et du bop. En 1948 cela commença à prendre forme. Ce fut une folle année pleine de vibrations quand toute la bande que nous formions marchait dans la rue et saluait et même s'arrêtait et parlait à quiconque nous avait jeté un regard amical. On avait des yeux. Ce fut l'année où je vis Montgomery Clift, pas rasé, avec une veste pourrie, déambuler sur Madison Avenue avec un copain. Ce fut l'année où je vis Charley Bird Parker descendre la Huitième Avenue en col roulé noir avec Babs Gonzales et une fille magnifique.

En 1948, les mecs, ou les *beats*, se partageaient en *hot* et *cool*. Une grande partie du malentendu à propos de ces mecs et de la Beat Generation en général aujourd'hui provient du fait qu'il y a deux styles distincts de mectitude : le *cool* aujourd'hui est le laconique sage à barbe, ou schlerm, assis devant une bière éventée dans un bouge beatnik, à l'élocution lente et antipathique, avec des filles qui ne disent rien et sont habillées en noir ; le *hot* aujourd'hui est le bavard dingue au regard brillant (souvent innocent et généreux) qui court de bar en bar, de piaule en piaule à la recherche de tout le monde, criant, infatigable, poivrot, essayant de se « brancher » avec des beatniks souterrains qui l'ignorent. La plupart des artistes de la Beat Generation appartiennent à la tendance *hot*, naturellement puisque cette flamme aussi petite qu'un gemme a besoin d'une certaine chaleur. Dans la plupart des cas le mélange est de 50-50. Un mec *hot* comme moi-même a fini par se refroidir dans la méditation bouddhiste, même si lorsque je vais dans un club de jazz j'ai toujours envie de crier « Souffle, petit, souffle ! » aux musiciens et de nos jours je me ferais jeter dehors pour ça. En 1948, les mecs *hot* fonçaient en voiture comme dans *Sur la route*, à la recherche de jazz dément comme celui de Willis Jackson ou de Lucky Thompson (au début) ou du grand orchestre de Chubby Jackson, tandis que les mecs *cool* observaient un silence de mort devant des groupes musicaux formels et excellents comme Lennie Tristano ou Miles Davis. Les choses en sont toujours à peu près là, sauf que c'est devenu une génération à l'échelle de la nation et que le nom de « *Beat* » est resté (même si tous les mecs détestent le mot).

Le mot « *beat* » signifiait au départ pauvre, fauché, claqué, à la dérive, dans la dèche, triste, dormant dans le métro. Maintenant que le mot a trouvé une reconnaissance officielle, il a fini par désigner des gens qui ne dorment pas dans le métro mais possèdent une certaine attitude ou allure nouvelle, que je ne peux définir que comme un nouveau *plus.* « Beat Generation » est devenu le slogan ou le label d'une révolution des mœurs en Amérique. Marlon Brando n'a pas vraiment été le premier à la porter à l'écran. Dane Clark avec son visage crispé à la Dostoïevski et son accent de Brooklyn, et bien sûr Garfield, furent les premiers. Les détectives privés étaient *Beat,* si vous vous souvenez bien. Bogart. Lorre était *Beat.* Dans *M,* Peter Lorre a relancé tout un truc, je veux dire cette démarche avachie dans la rue.

J'ai écrit *Sur la route* en trois semaines pendant le joli mois de mai 1951 alors que je vivais dans le quartier de Chelsea au sud-ouest de Manhattan, sur un rouleau de 30 mètres et j'ai mis là en mots la Beat Generation, disant au point où j'en étais, en plein milieu d'une fête dingue entre potaches dans une cabane de mineur abandonnée : « Les gamins sont épatants ici, mais où sont Dean Moriarty et Carlo Marx ? Oh bon, j'imagine qu'ils ne feraient pas partie de la bande, ils sont trop *sombres*, trop étranges, trop souterrains et je suis en train de rejoindre lentement une nouvelle sorte de *beat generation.* » Le manuscrit de la *Route* fut rejeté au motif qu'il déplairait au directeur des ventes de ma maison d'édition de l'époque, bien que mon éditeur, un homme très intelligent, ait dit : « Jack, c'est comme du Dostoïevski, mais qu'est-ce que je peux faire en ce moment ? » C'était trop tôt. Donc pendant les six années suivantes j'ai été clochard, serre-frein, marin, mendiant, pseudo-Indien au Mexique, tout et n'importe quoi, et j'ai continué à écrire parce que mon héros était Goethe et que je croyais à l'art et que j'espérais un jour écrire la troisième partie de *Faust*, ce que j'ai fait dans *Docteur Sax*. Puis, en 1952, le supplément du dimanche du *New York Times* publia un article disant, en titre : « Voilà la Beat Generation » (entre guillemets comme ça) et dans l'article il était dit que j'avais trouvé l'expression le premier « quand le visage était encore difficile à reconnaître », le visage de la génération. Après ça on parla un peu de la Beat Generation mais en 1955 j'ai publié un extrait de la *Route* (en le mélangeant à certaines parties de *Visions de Neal*) sous le pseudonyme de « Jean-Louis », avec pour titre *Jazz de la Beat Generation* et le copyright mentionnait le titre d'un roman en cours intitulé *Beat Generation* (que j'ai ensuite changé en *Sur la route* à la demande pressante de mon nouvel éditeur) et donc l'expression s'est mise à circuler un peu plus vite. L'expression et les mecs. Partout des mecs étranges et même des gamins de la fac se mirent à jouer les mecs *cool* et à reprendre les expressions que j'avais entendues à Times Square au début des années 40, c'était en train de se développer. Mais quand les éditeurs osèrent finalement et que *Sur la route* fut publié en 1957, ce fut l'explosion, le champignon atomique, tout le monde se mit à crier qu'il y avait une Beat Generation. On m'interviewait partout où j'allais pour savoir « ce que je voulais dire » par là. Les gens commencèrent à se baptiser beatniks, beats, jazzniks, bopniks, bugniks et finalement je fus appelé l'« avatar » de tout cela.

Pourtant c'était en tant que catholique, et non à la demande insistante d'aucun de ces « niks » et certainement pas avec leur approbation non plus, que j'étais allé un après-midi dans l'église de mon enfance (l'une d'entre elles), Ste Jeanne d'Arc à Lowell, Massachusetts, et tout à coup les larmes aux yeux j'avais eu une vision de ce que j'avais voulu dire par « *Beat* » quand j'entendis le silence sacré dans l'église (j'étais tout seul là-dedans, il était cinq heures de l'après-midi, des chiens aboyaient dehors, des enfants criaient, et les feuilles d'automne, les flammes des cierges qui dansaient pour moi seul), la vision du mot *Beat* voulant dire béatifique... Il y avait le prêtre qui prêchait le dimanche matin, tout à coup par une porte de côté entre tout un groupe de types de la Beat Generation dans des imperméables ceinturés comme des membres de l'IRA, venus en silence « adorer » la religion... J'ai su alors.

Mais c'était en 1954, et donc quelle horreur j'ai ressentie en 1957 et bien entendu plus tard en 1958 en voyant « *Beat* » repris par tout le monde, la presse et la télévision et les comiques et la soupe hollywoodienne pour parler de la « délinquance juvénile » et des horreurs de New York et de L.A. ravagées par les bagarres et ils ont commencé à appeler *ça* Beat, à appeler *ça* béatifique... Des bandes de dingues manifestant contre les San Francisco Giants pour protester contre le base-ball, comme si (à présent) c'était en mon nom et pour moi, alors que mon ambition d'enfant était de devenir un batteur célèbre en première division comme Ted Williams, de sorte que lorsque Bobby Thomson avait frappé ce fameux *homerun* en 1951 j'en avais tremblé de joie, incapable de m'en remettre pendant des jours, et j'avais écrit des poèmes sur le fait qu'il est possible pour l'esprit humain de gagner après tout ! Ou encore, quand un meurtre, un meurtre banal eut lieu à North Beach, ils l'appelèrent massacre *Beat*, alors que pendant toute mon enfance j'étais l'excentrique du quartier parce que j'empêchais les enfants de jeter des pierres aux écureuils, de faire bouillir des serpents dans des boîtes de conserve ou d'essayer avec des pailles de faire exploser des grenouilles. Parce que mon frère était mort à l'âge de neuf ans, son nom était Gerard Kerouac, et il m'avait dit : « Ti Jean, ne fais jamais de mal à une créature vivante, toutes les créatures vivantes, que ce soit un petit chat ou un écureuil, toutes vont au ciel directement dans les bras neigeux de Dieu, alors ne fais jamais de mal à aucune d'elles et si tu vois quelqu'un le faire empêche-le par tous les moyens » et quand il est mort une file de sombres nonnes en noir de la paroisse de St. Louis de France s'étaient succédé à son lit d'agonie pour entendre ses dernières paroles sur le Ciel. Et mon père aussi, Leo, n'a jamais levé la main sur moi pour me punir ou pour punir les animaux domestiques, et cet enseignement m'a été transmis par les hommes dans ma maison et je n'ai jamais rien eu à voir avec la violence, la haine, la cruauté, et toute cette horrible absurdité que, néanmoins, Dieu, en raison de sa grâce qui dépasse les bornes de l'imagination humaine, finira par pardonner… ces millions d'années pendant lesquelles je m'enquiers de toi, Amérique.

Et donc maintenant il y a des numéros beatniks à la télévision, qui commencent par une satire des filles qui s'habillent en noir et des types en jeans et sweatshirt avec couteaux à cran d'arrêt et svastikas tatoués sur les aisselles, ça finira en superproductions respectables avec des crooners en jeans parfaitement retaillés par Brooks Brothers et autres articles assortis, en d'autres termes, ça n'est qu'un changement de mode et de mœurs, une simple croûte de l'histoire — comme le passage de l'Âge de Raison avec Voltaire dans son fauteuil au romantisme de Chatterton sous la lune — de Teddy Roosevelt à Scott Fitzgerald... Il n'y a donc pas de quoi s'exciter. *Beat* provient en fait du vieux youpi américain et il ne fera que transformer quelques robes et pantalons et rendra obsolètes les fauteuils dans les salons et très bientôt nous aurons des Ministres *Beat* et on instituera de nouvelles guirlandes, en fait de nouvelles causes de méchanceté et de nouvelles causes de vertu et de nouvelles causes de pardon...

Mais toutefois, malheur, malheur à ceux qui pensent que Beat Generation signifie crime, délinquance, immoralité, amoralité… Malheur à ceux qui l'attaquent simplement parce qu'ils ne comprennent pas l'histoire et les aspirations des âmes humaines… Malheur à ceux qui ne comprennent pas que l'Amérique doit, devra, est en train de changer, je dis pour le meilleur. Malheur à ceux qui croient à la bombe atomique, qui croient à la haine envers les pères et mères, qui nient le plus important des Dix Commandements, malheur à ceux (quand même) qui ne croient pas à l'incroyable douceur de l'amour charnel, malheur à ceux qui sont les porte-étendards de la mort, malheur à ceux qui croient au conflit et à l'horreur et à la violence et qui remplissent nos livres et nos écrans et nos salons de cette merde, malheur en fait à ceux qui font des films atroces sur la Beat Generation où d'innocentes ménagères sont violées par des beatniks ! Malheur à ceux qui sont les véritables et sinistres pécheurs que Dieu trouve encore à pardonner…

Malheur à ceux qui crachent sur la Beat Generation, le vent le leur renverra.

Le dernier mot

Un (juin 1959)

Ma position sur la scène littéraire actuelle en Amérique est très simple : j'en ai eu franchement marre de la phrase anglaise conventionnelle qui me semblait tellement figée dans ses règles, tellement inadmissible par rapport au cadre présent de mon esprit que j'ai appris à sonder à la manière moderne de Freud et de Jung, qu'il ne m'était plus possible de m'exprimer dans cette forme. Dans les romans actuels combien trouvez-vous de phrases du genre : « Il y avait de la neige sur la route et la voiture avait du mal à grimper la colline » ? Grâce au procédé puéril qui consiste à prendre ce qui était au départ deux phrases courtes et à coller un « et », ces grands « prosateurs » contemporains pensent avoir forgé une phrase. Pour autant que je puisse voir il s'agit de deux séquences imagées qui appartiennent à une phrase beaucoup plus longue dont l'image complète dirait finalement quelque chose qui n'a jamais été entendu auparavant si l'écrivain avait osé la prononcer.

La honte semble être la clé du refoulement aussi bien dans l'écriture que dans la maladie mentale. Si vous ne collez pas à ce que vous avez pensé en première instance et aux mots que cette pensée a apportés, quel intérêt de s'en préoccuper, quel intérêt de repasser vos petits mensonges aux autres ? Ce que je trouve vraiment « stupéfiant d'illisibilité », c'est ce laborieux et sinistre mensonge appelé métier et révision chez les écrivains, et certainement reconnu par les meilleurs psychologues comme pur blocage du processus mental spontané connu il y a 2 500 ans sous le nom de « Sept Torrents de la Rapidité ».

Ceux qui répondront à la lettre-concours de « Début du Bop » dans *Escapade* (numéro d'avril) par un désaccord avec moi ont peut-être raison et j'ai peut-être tort, mais il est écrit dans le *Surangama Sutra* que Gautama Bouddha a bien dit : « Si vous êtes à présent désireux de comprendre plus parfaitement les Lumières Suprêmes, vous devez apprendre à répondre spontanément sans recourir au raisonnement discriminant. Car les Tathagatas (Ceux qui Passent à Travers) dans les dix quartiers de l'univers, à cause de la droiture de leurs esprits et de la spontanéité de leurs pensées, sont toujours demeurés, du temps sans commencement au temps sans fin, d'une pure identité avec la nature éclairante de la pure Essence-Esprit. »

Ce qui est une vieille nouvelle sacrément étrange.

Mon opinion sur la littérature américaine actuelle, c'est que le meilleur n'a pas encore été publié. Ce n'est que récemment par exemple qu'on a commencé à publier une partie de l'énorme *Festin nu* de William Seward Burroughs, une œuvre qui pourra paraître répugnante à bien des gens quand ils la verront, mais qui avec le temps se fondra dans leur esprit, au fil du changement des temps, en un doux chant d'amour humain *(Lolita* n'est rien en comparaison, Sade pâlit). Enfin, une partie se transformera en un doux chant d'amour humain et le reste, la partie « répréhensible », deviendra célèbre en tant que haut exemple d'Humour Américain dans la grande tradition, par le plus grand satiriste vivant. Il écrit en missourien de l'Amérique du Midwest (« Motel Motel Motel solitude miaule à travers le continent comme les cornes de brume au-dessus des marées de rivières encore huileuses »).

Gregory Corso est un fabuleux jeune poète américain de première importance dans l'histoire de la langue anglaise, dont les meilleurs longs poèmes, *Bomb, Army, Marriage,* et des Mexique entiers de carnets de poésie qu'il a écrits au Mexique n'ont pas été imprimés (et il a personnellement rejeté une bonne partie de son meilleur travail qu'il a caché sous des planchers, et en a perdu une autre partie par valises entières dans des bus !) (« Ô Bombe Atomique, fais résonner les réservoirs de tes genoux ! »).

Tout ce qu'a produit Allen Ginsberg depuis *Howl* et bien avant, qu'il n'a même pas pris la peine de taper, et encore moins de présenter. Son travail est constamment ginsbergien, mais je préfère ces petits carnets de notes dingues dans lesquels il pense « prendre des notes » pour de futurs poèmes et en fait les poèmes sont là, parfaits (« Max qui ne swingue pas autant mais peint des mandalas asiatiques est ici, grande foule de gens nouveaux aussi, africain sculptant des nègres paranoïaques et petit égyptien à l'œil brillant qui souffle du bop est un poltron et travaille comme professeur dans une école de culturisme »).

Ma meilleure prose à moi attend encore d'être publiée, mes *Visions* et *Rêves* et *Célestes* — quand je veux qu'un ami se réjouisse de mon style je lui passe ces trucs inédits mais les éditeurs ont hésité à se lancer et à les publier. (« Route démente qui emmène les hommes au loin, solitaire, débouchant au-delà du virage dans l'espace ouvert sur les neiges horizontales de Wasatch promises à nous dans la vision de l'Ouest, hauteurs en arête au bout du Monde, côte du bleu Pacifique en nuit étoilée — lunes en demi-banane sans os penchées dans le ciel nocturne embrouillé, tourments des grandes formations dans la brume, l'insecte invisible recroquevillé dans la voiture qui fonce, illuminé. »)

La poésie et la prose rejetées de gens comme Phil Whalen, Gary Snyder, Denise Levertov, Robert Creeley, et de fait e.e. cummings, Auden, James Jones, Algren, etc., sont probablement les choses les plus intéressantes de la littérature américaine aujourd'hui, cependant les éditeurs ont passé au tamis les manuscrits des écrivains à la recherche des cailloux clinquants et ont laissé tomber la véritable poussière d'or. Les éditeurs et les écrivains se sont trouvés engagés dans une campagne de rejet systématique de tout sauf les manuscrits les plus systématiques. En fait, le carnet devrait faire son retour, imprimé, et comme en France les éditions bon marché en livre de poche des œuvres complètes d'un écrivain, avec notes, réactions, gribouillages et tout. Cela mettrait en place une littérature des faits de la vie et de l'écriture, non une simple mesure de ce qui est lisible — une riche *école* d'écriture, assistée par des éditeurs avisés comme Don Allen d'*Evergreen Review* et Irving Rosenthal de la *Chicago Review* et Leroi Jones, l'émergence de quelque chose de meilleur que le roman (aussi mort que la Victoria) et quelque chose de mieux que la versification ampoulée, quelque chose qui serait rejeté comme logorrhée, pendant cinquante ans par les critiques mais accepté et apprécié par les *lecteurs* comme langage sans retenue.

Deux (octobre 1959)

Parce que aucun d'entre nous ne veut penser que l'univers est un rêve creux à cause de nos esprits, nous voulons donc de la *foi* et des noms en pagaille, nous voulons des listes de lois et un petit peu de détachement arrogant par rapport au UGH ! sans visage du Ciel Véritable, je vois des hommes à présent dressés dans des champs désolés agitant leurs mains honnêtes pour s'expliquer, des fantômes toutefois, purs fantômes de rien — Et même les grands Chinois qui savent tant depuis si longtemps vont peindre délicatement sur la soie le Nuage de Vérité des cieux immenses qui conduisent au-delà des incroyables montagnes frottées de rose et des arbres qui craquent, des indéfinissables cascades de blanc, puis l'arbre famélique penché vers la terre et vissé à un rocher, puis, étant Humains Chinois, les toutes petites silhouettes des hommes à cheval perdus au milieu de tout ça, laissant d'habitude les 8/10 de la soie figurer l'infigurable Vide — J'étais donc plus sage quand j'étais plus jeune après une sale histoire d'amour, et j'étais assis dans ma chambre de novembre à penser : « Tout ça n'est qu'une grosse connerie, je veux mourir », et à penser : « Les lèvres du mort sont serrées sur le goût de la mort, aussi amer que le musc, mais il pourrait tout aussi bien sentir le goût de la saccharine que ça ne changerait rien », cependant ces pensées ne faisaient pas le poids par rapport aux Quatre Nobles Vérités formulées par Bouddha et que j'ai mémorisées sous un réverbère dans le vent glacé de la nuit :

1. Toute Vie Est Remplie de Chagrins
2. La Cause de la Souffrance Est le Désir Ignorant
3. Il Est Possible de Parvenir à la Suppression de la Souffrance
4. La Voie Est le Noble Sentier à Huit Stations (dont vous pourriez très bien dire qu'il est aussi explicite dans les *Variations Goldberg* de Bach).

Ne pas le savoir pourrait très bien donner :

1. Toute Vie Est Joie
2. La Cause de la Joie Est le Désir Éclairé
3. L'Expansion de la Joie Peut Être Obtenue
4. La Voie Est le Noble Sentier à Huit Stations dans la mesure où quelle différence peut-il y avoir, dans la suprême réalité, si nous ne sommes sujets ni à la souffrance ni à la joie — Pourquoi pas ? — Parce que qui l'a dit ?

Mais ce fut la phrase incomparable d'Asvaghosha qui m'a accroché à la véritable morphine de Bouddha : « REPOSE

AU-DELÀ DU DESTIN » — parce que dans la mesure où la vie n'est qu'un rêve bref et vague entouré de chair et de larmes et où les voies de l'homme sont les voies de la mort (sinon maintenant, ultérieurement, vous verrez), les voies des femmes magnifiques telles qu'on les voit photographiées dans ce magazine sont finalement les voies de la vieillesse, et puisque rien de ce que nous faisons ne semble tourner bien à la fin, tout tourne à l'aigre, mais pas plus aigre que ce dont la Nature a besoin en matière de fertilisant aigre pour ceux qui continuent et ceux qui sont continués, « repose au-delà du destin » signifiait « repose-toi au-delà de ce qui t'arrive », « laisse tomber, assieds-toi, oublie, arrête de penser », TON ESPRIT À TOI EST PLUS GRAND QUE TOUT — De sorte que ma première méditation a été une extraordinaire sensation de « Quand as-tu fait ça pour la dernière fois ? » (cela semblait tellement naturel, tellement juste), « Pourquoi ne l'as-tu pas fait plus tôt ? » — Et toutes choses ont disparu, ce qui est resté c'était la Matière Unifiée à partir de laquelle toutes les choses semblaient avoir été faites sans vraiment avoir été faites en quoi que ce soit, toutes choses que j'ai ensuite vues comme une ruse sans substance de l'esprit, de plus c'était déjà hors de ma vue depuis longtemps, la terre petite boule liquide grain de poussière dans les espaces incommensurables mais Ô alors —

Mais c'*est* un blanc sinistre, combien sont étrangers à nos douces natures pleines d'espoir (certains d'entre nous) les vers aveugles qui vont dévorer nos organes vitaux adorés, nos mains adorées, nez sacrés, mâchoires remémorées, la chair sur nous qui brûle sous nos yeux en 70 ans brûle d'une brûlure lente, de façon aussi impersonnelle qu'une bombe à hydrogène qui ferait sauter la terre en une seconde pour en faire une boule de feu défigurée comme il a été amplement prophétisé — C'est pourquoi quand j'ai il y a peu de temps baissé mes lèvres vers le cou de mon aimée il a paru éphémère de penser : « Est-ce son cou ? son vrai cou à moi, cou-mien ? » parce que ce n'est le cou de personne, parce qu'il n'y a rien d'autre là qu'une concaténation imaginaire de l'esprit — Donc Ô Extase de cette première méditation quand j'ai fermé les yeux et vu des nuées dorées de rien, la chose véritable, l'ainsi-soit-il de la Création — Nous tous, parties de la Matière Unifiée s'élevant un instant comme un voile, pour onduler une minute (70 ans parmi les myriades de milliards sans esprit), *bling*, adorables êtres humains au cou non-mien et tous les animaux et insectes et créatures des autres planètes qui pensent avoir un vrai MOI quelque part de quelque façon dans cette mer de rien doré — La poussière se lance un grand coup, puis se dissipe, aussi écervelée qu'une petite tornade dans les plaines du Pecos au Texas que vous voyez à travers le sable tournoyer pour personne, à la tombée de la nuit, où est-elle allée ? — Tape des mains, merveilleux Bouddha !

Dans mes vieux livres j'ai lu que Bodhisattva disait : « Tous les êtres vivants qui se disciplinent pour écouter le Silence entendront le Ciel » (bienheureux qui traverse les apparences), « atteindront ce qui ne peut être atteint, entreront dans ce qui est sans porte, traverseront la rivière sur le ferry et rejoindront l'autre rive » et (pas de rivière, pas de ferry, pas d'autre rive) arrive la veille du Nouvel An et ma mère et moi buvons des martinis en trinquant et au moment où elle dit : « Bonne année, chéri, et j'espère que tu seras heureux » et à la télévision on entend les trompettes et les mirlitons (et dans des lits floconneux des petits garçons se réveillent pour entendre le bong de minuit à l'étage au-dessous), je vois que j'*ai* bien atteint l'autre rive parce qu'il ne m'importe plus d'être heureux dans ce monde ou tout autre, « passer sur l'autre rive » a été tout simplement la reconnaissance qu'il n'y a rien à attendre, rien à penser, mon Essence de l'Esprit, l'Unique Mer universelle de la mentalité mystérieuse, de sorte que je lève un toast secret à ma mère et à tous les êtres (en silence) en leur souhaitant la Douce Vérité du Dharma à la place de « Bonne Année » — la douce Vérité du Dharma, la reconnaissance impossible à reconnaître, celle qui efface (comme la neige efface le galbe effaçable et pitoyable de la terre monstrueuse) —

« Les meilleurs sont dépourvus de toute conviction », a dit Yeats, car comme disent les vieux Chinois : « Celui qui sait ne parle pas. »

Trois (décembre 1959)

À l'intérieur c'est un bol rond et parfait avec un cercle bien net de crasse brune hersée et ratissée par des experts préposés au ratissage aussi tendres que le type qui ratisse la seconde base du Yankee Stadium, sauf qu'ici c'est le Stade Mords-la-poussière — Quand je me suis assis le taureau venait de faire son entrée et l'orchestre s'était rassis — Beaux vêtements brodés très ajustés sur les garçons derrière une barrière — Solennels ils étaient au moment où un gros taureau noir beau et brillant s'est rué avec maladresse depuis un coin que je n'avais pas regardé, où il était apparemment allé meugler à l'aide, naseaux noirs et grands yeux blancs et cornes bien écartées, tout en poitrine pas de ventre, pattes minces polies au four cherchant à écraser la terre avec tout ce poids de locomotive au-dessus — des gens ont ricané — Le taureau a galopé et est passé comme un éclair, on voyait les creux et les bosses des muscles sous sa peau parfaite de champion — Le matador est sorti et a appelé et le taureau a chargé et s'est jeté brutalement, le matador a relevé sa cape avec mépris, laissé passer les cornes à une cinquantaine de centimètres de son ventre, fait tourner le taureau avec la cape, et s'est éloigné tel un Grand d'Espagne — et il est resté le dos tourné au taureau parfaitement stupide qui n'a pas chargé comme dans *Arènes sanglantes* pour envoyer Señor Grand d'Espagne voler dans les gradins. Puis le travail a commencé. Voici qu'arrive le vieux cheval pirate avec bandeau sur l'œil, installé à bord le CHEVALIER picador avec une lance, venu planter quelques éclats de métal dans l'épaule du taureau qui réagit en essayant de soulever le cheval mais le cheval a une cotte de mailles (grâce à Dieu) — une scène historique et dingue sauf que tout à coup vous comprenez que le picador a déclenché l'interminable hémorragie du taureau. L'aveuglement du pauvre taureau dans un vertige insensé se poursuit avec le brave petit homme aux fléchettes et aux jambes arquées qui tient deux fléchettes à rubans, le voici qui fonce sur le taureau, le taureau qui fonce sur lui, wham, pas de collision parce que l'homme aux fléchettes lui a planté une fléchette et est parti en flèche avant que vous n'ayez le temps de dire hou (& j'ai dit hou), parce qu'un taureau est difficile à esquiver. Bon, mais les fléchettes font maintenant ruisseler le sang sur le taureau comme le Christ de Marlowe au Ciel — Un vieux matador arrive et éprouve le taureau avec quelques mouvements de cape puis une autre série de fléchettes, un étendard brille maintenant sur le flanc du taureau vivant soufflant souffrant et tout le monde est *content* — Et à présent la charge du taureau est chancelante et donc le sérieux matador héroïque sort pour la mise à mort au moment où l'orchestre fait retentir un coup sur la grosse caisse, tout devient calme comme si un nuage passait devant le soleil, on entend la bouteille d'un ivrogne éclater à un kilomètre dans la cruelle campagne espagnole aromatique et verte — Les enfants arrêtent de manger leurs tortas — Le taureau est au soleil tête penchée, s'accrochant à son souffle, les flancs *claquant* contre ses côtes, les épaules couvertes de flèches comme saint Sébastien — Le jeune matador au pas prudent, assez courageux à sa manière, approche et crie et le taureau se retourne et titube sur des pattes instables vers la cape rouge, plonge avec du sang giclant aux quatre vents et le garçon se contente de le faire passer dans un cercle imaginaire et tourne et se dresse sur la pointe des pieds, les genoux serrés.

Et Seigneur, je ne voulais pas voir son ventre lisse et plat déchiré par une corne — Il a secoué de nouveau sa cape devant le taureau qui était là en train de penser : « Ô pourquoi ne puis-je pas rentrer à la maison ? » et le matador s'est avancé et maintenant l'animal a rassemblé ses pattes fatiguées pour courir mais l'une d'elles a glissé faisant voler un nuage de poussière — Mais il a plongé dans un mouvement de colère puis s'est figé — Le matador a drapé son épée et appelé l'humble taureau aux yeux vitreux — Le taureau a dressé les oreilles et n'a pas bougé — Le corps entier du matador s'est raidi comme une planche qui tremble sous les pas d'une foule de gens — Un muscle a sailli sous son bas — Le taureau s'est lancé sur un petit mètre et a tourné dans la poussière et le matador a ployé le dos devant lui comme un homme penché sur un poêle brûlant en tendant le bras pour atteindre quelque chose et il a planté son épée de presque un mètre dans l'espace qui sépare les épaules du taureau — Le matador est parti d'un côté, le taureau de l'autre avec l'épée plantée jusqu'à la garde et a chancelé, a levé les yeux vers le ciel et le soleil avec un air de surprise humain, et puis s'est mis à gargouiller — Ô je vous conseille d'aller voir ça ! — Il a vomi vingt litres de sang en l'air en éclaboussant partout — Il est tombé à genoux s'étouffant de son propre sang et a craché et secoué la tête et tout à coup s'est transformé en poupée molle et sa tête s'est écrasée à terre — Il n'était pas encore mort, un idiot de plus est arrivé en courant et lui a donné un coup d'une petite dague dans la moelle épinière et le taureau a encore planté sa pauvre gueule dans le sable en mâchant du vieux sang — Ses yeux ! Ô ses yeux ! — Des idiots ont ricané parce que la dague avait provoqué ça, alors qu'elle n'aurait pas dû — Une équipe de chevaux hystériques ont été envoyés pour traîner le taureau hors de l'arène, ils se sont mis à galoper et la chaîne a cassé et le taureau a glissé dans la poussière comme une mouche morte frappée inconsciemment par un pied — Qu'on en finisse, qu'on en finisse — le voilà parti, ses yeux blancs fixes sont la dernière chose qu'on voit — Taureau suivant ! — Avant les vieux types ramassent le sang à la pelle dans une brouette et sortent en courant. Le préposé au ratissage tranquille revient avec son râteau — « Olé ! », des filles envoient des fleurs à l'assassin de l'animal dans son joli pantalon — Et j'ai vu comment tout le monde meurt et personne ne s'en soucie, j'ai senti combien il est horrible de vivre pour mourir comme un taureau coincé dans une arène qui résonne des cris des hommes —

Jai Alai, Mexico, Jai Alai !

Quatre (février 1960)

L'histoire du monde est sanglante et triste et folle — La Première Croisade ne fut rien d'autre que Pierre l'Ermite prêchant la bonne parole et menant une horde déguenillée de pauvres hères désarmés qui pensaient pouvoir marcher jusqu'à Jérusalem, Walter Sans le Sou marchait à grands pas devant eux avec un gros bâton, ils n'y arrivèrent jamais, ils étaient tous fous — L'empereur Frédéric Barberousse arriva au bord d'une rivière et voulut montrer à ses troupes comment traverser en toute sécurité à dos de cheval, et donc, couvert de toute son armure, il éperonna le cheval et se noya sous leurs yeux — La Croisade des Enfants, c'était deux petits garçons appelés Stéphane de France et Nicolas d'Allemagne qui errèrent pieds nus sur les routes grises et brumeuses de l'Europe médiévale rassemblant des enfants à leur suite et finissant par périr dans les neiges des Alpes, et ce qui survécut de cette pitoyable armée en guenilles fut vendu comme esclaves sur les marchés mahométans — Tout poisson phosphorescent dans la mer m'inquiète comme la Croisade des Enfants — L'Histoire est un vaste conte qui semble n'avoir aucun sens — Le Patriarche de Chalcédoine à Alexandrie fut mis en pièces par la foule un Vendredi Saint dans sa propre église — Francis Bacon s'assit dans la neige avec un poulet mort sur ses genoux pour démontrer l'existence des réfrigérateurs domestiques d'aujourd'hui mais mourut de pneumonie — Pas étonnant que Voltaire ait ri ! — Les Danois du VIIIe siècle étaient menés par le roi Harold Dent de Guerre — Krum était le Khan des Bulgares et Yah Yah le Sage de Bagdad — Harold le Blond tua Éric à la Hache Sanglante sur un grand rocher pour des raisons que même Ida Graymeadows ne soupçonnera jamais — En 896 le cadavre du pape Formose fut assis sur une chaise et passé en jugement — Mazoria la Sénatrice coucha avec des papes, donna naissance à des papes, et assassina des papes — Aux conciles de Nicée et de Chalcédoine des prêtres d'Orient assis des deux côtés de l'église se mirent tout à coup à hurler des accusations insensées à travers la nef sacrée — Les os de John Wycliffe le premier traducteur anglais de la Bible furent déterrés et brûlés — Huss brûla un édit du Pape et fut lui-même brûlé — Luther cloua les quatre-vingt-quinze Thèses sur la porte de la cathédrale de Wittenberg et épousa rapidement une nonne tandis que Henri VIII s'emporta contre Luther dans un différend politique et rejoignit l'Église Romaine mais rompit rapidement avec l'Église Romaine pour épouser Ann Boleyn mais se fatigua rapidement d'elle aussi et lui coupa la tête — Les marins de jadis pris dans d'énormes tempêtes en haute mer n'avaient peur que des monstres marins — Pierre le Grand, le tsar de Russie, haut de plus de deux mètres, exécutait les gens de ses propres mains — Quand la Russie hérita finalement d'un tsar éclairé, Alexandre II fut assassiné par des nihilistes poseurs de bombes — Plus tard quand un groupe de travailleurs et un prêtre voulurent dire quelques mots au Tsar affectueusement surnommé « le Petit Père de Toutes les Russies » ils reçurent du plomb plein la gueule — Catherine de Médicis reine mère de France organisa un mariage royal à l'église de Saint-Barthélemy et invita tous les Huguenots et les fit massacrer sur leurs bancs — Richelieu mit fin à la guerre de Trente Ans, il était jaloux des Habsbourg et fit tuer bien des gens pour rien, un Cardinal catholique dirigeant un pays catholique contre un Roi catholique et contre un Empereur catholique, tout cela afin que Richelieu puisse saliver dans son cabinet à minuit — Un des premiers remèdes pour la fièvre consistait à avaler une araignée vivante dans du sirop — Semmelweiss fut bien près d'être crucifié pour avoir suggéré que les docteurs devraient se laver les mains pour pratiquer un accouchement — L'homme — Fou de la plus haute perfection, sagesse d'un rat à deux pattes — La grande loi de l'Habeas Corpus ne fut votée au Parlement que parce qu'un clerc facétieux avait décidé d'attribuer dix voix à un membre corpulent de la Chambre qui pesait 170 kilos — John Randolph a dit qu'Edward Livingston « brille et pue comme le maquereau au clair de lune » et Napoléon a appelé Talleyrand « de la merde dans un bas de soie » — Les soldats de Napoléon se pressaient de manière tellement hystérique contre les feux dans le glacial hiver russe que les hommes du premier rang étaient poussés dans le feu et brûlaient vifs — La terrible guerre de 1870 a été délibérément provoquée par Bismarck qui a changé le libellé d'un télégramme de paix et durant le siège de Paris qui a suivi Gambetta s'est magnifiquement échappé en BALLON — L'histoire du monde est pleine d'olives. Quand diable les gens comprendront-ils que toutes les créatures vivantes, qu'elles soient humaines ou animales, terrestres ou venues d'autres planètes, sont des représentants de Dieu, et qu'elles devraient être traitées comme telles, que toutes les choses vivantes ou inanimées ou bien vivantes, mortes ou pas encore nées, ou bien sous forme de matière ou d'espace vide, sont simplement le corps de Dieu ?

Cinq (avril 1960)

Intrigantes pensées sur la Question de Berlin — Quand le président Roosevelt a dit au général Eisenhower de retenir les troupes américaines déchaînées sur la ligne de l'Elbe pour laisser les troupes russes déchaînées entrer dans Berlin les premières, cédait-il au grand cliché romantique du type « laissons les Russes goûter une vengeance bien méritée » parce que dans son rêve il les voyait en héros souffrants (est-ce que ça sonne juste ?) (est-ce pour cette raison que Khrouchtchev a déposé une gerbe sur la tombe de Roosevelt ?) ou bien était-il en fait, dans son innocent idéalisme inconscient, en train d'établir les conditions qui se sont maintenant épanouies dans la crise de Berlin qui a donné à la Russie une position assez forte pour négocier dans la paix avec une Amérique forte, ouvrant ainsi la voie (une fois encore à travers son intuition ou inspiration victorieuse idéaliste et inconsciente) à une réelle paix mondiale fondée sur un solide équilibre des forces (toujours sujet à fluctuation cependant) — Donc, qu'est-ce que la crise de Berlin, si ce n'est ça ? Et quant à Pearl Harbor, est-il vrai qu'un message a été intercepté et passé sous silence de façon qu'une guerre avec le Japon puisse être engagée ? Si c'est le cas, la guerre allait certainement commencer quelques minutes plus tard avec ou sans message, ou bien Roosevelt était-il encore en train de rêver en tout idéalisme, mais cette fois avec une touche de folie, et de folie bien réelle que rien de mieux ne saurait arriver à l'Amérique qu'un bon réveil musclé ou une bonne guerre avec la

Puissance d'Orient pour se réveiller et réunir les deux mondes de Wendell Willkie, ou bien était-ce simplement qu'un message est arrivé et que quelqu'un a fait une erreur humaine en le décodant, ou l'a mal entendu, ou était en train de faire la sieste, ou de se faire la secrétaire sur le canapé, ou toute autre raison humaine, Roosevelt lui-même souriant sur sa pelouse sans rêver ce qui se passait, la confusion habituelle du monde des êtres vivants. Il faut être juste au sujet de ces choses, on ne sait jamais de toute façon ce qui s'est vraiment passé dans les moments historiques (tous les détails) sauf par ce que répètent les journaux et la moitié du temps c'est sournoisement déformé —

Quand Truman a limogé MacArthur était-ce parce qu'il a cru que le général était vraiment fou et voulait conquérir le monde, lui qui était un soldat et un homme d'État si brillant, si puissant, ou bien la raison de Truman était-elle simplement rationnelle et logistique et à lier à une authentique délibération nocturne du Département d'État selon laquelle la guerre de Corée ne devrait pas s'étendre au-delà de la frontière de la Mandchourie — de quoi penser que si Roosevelt ignorait les rapports de force de l'histoire réelle en donnant Berlin à Staline ou avait instinctivement raison à long terme, ce que nous n'avons pas encore constaté, Truman était soit de mauvaise humeur en virant MacArthur, et aussi soucieux de ce qu'il avait entrepris de penser comme totalitarisme, soit il a pris la peine de réfléchir tranquillement, calmement, avec ses meilleurs conseillers et ils lui ont dit : « MacArthur va ruiner la logistique. »

Cela prouve que je ne sais rien de rien, un jour ou l'autre vous devez soit obtenir soit désirer la grande vérité, mais je sais que les affaires humaines sont confuses à un point presque hilarant et cela partout et peut-être l'histoire est-elle fondée sur la confusion, un peu comme au football quand le *quarterback* passe la balle au *half-*

back sur la droite qui n'est pas là ou y était une seconde plus tôt mais est parti en courant de l'autre côté (mal jugé les instructions trop nombreuses), la balle roule, tout le monde crie, le *halfback* de gauche revient et la ramasse, il commence à courir, ils le plaquent pensent-ils avec une perte de dix-quinze yards mais il se dégage comme un serpent et repart de l'autre côté au moment où tout le monde est sur ses pieds, on ne croirait pas qu'un pareil essai soit possible mais il va jusqu'au bout et il bouleverse les records de la division et les journalistes s'en étouffent, personne n'y croit, le président des Anciens Élèves apprend la nouvelle en titubant comme un procureur à qui on souffle qu'il y a du nouveau dans l'affaire, les journaux sont dans la confusion, le rédacteur en chef à moitié endormi sur son éditorial de la crise de Berlin se réveille et dit : « Hou là ? Vais-je en pâtir un jour ? »

Six (juin 1960)

La presse américaine commence à avoir un air de truie chagrine à ce sujet — L'automne dernier je regardais Nikita Khrouchtchev à la télévision au moment où Eisenhower faisait son discours de bienvenue à l'arrivée de Moscou, et il y avait un soleil bien haut et bien chaud qui se reflétait sur le dôme chauve comme une ampoule du Premier Ministre russe, on pouvait voir le reflet sur son front crispé, aussi a-t-il remis son chapeau mou noir pour se protéger et continué à écouter le discours — et dans le journal et dans les nouvelles à la télévision de la presse américaine libre, il était dit que Khrouchtchev n'avait pas hésité à « voler la vedette » au Président à la première occasion et l'avait prouvé immédiatement après en faisant référence au voyage russe vers la Lune avec fanion russe à bord ce qui démontrait à ces commentateurs à l'air arrogant qu'il avait levé son chapeau pour noyer l'effet dramatique du discours de l'autre — Et je dis que c'est un mensonge éhonté à l'endroit de l'homme Khrouchtchev debout là en train de protéger son front chauve du chaud soleil de septembre (Ô Edgar Allan Poe, le même jour, un détraqué a fait exploser une bombe dans une école qui porte ton nom et les commentateurs ont annoncé cette nouvelle à la télévision avec un plaisir évident parce qu'ils semblaient montrer une confiance éclatante dans l'idée qu'aussi longtemps que les choses iraient mal ils conserveraient leur emploi) — Et dans le but de maintenir les emplois je dis que la presse américaine ment et ment comme un arracheur de dents, parce que j'ai eu la même expérience avec eux ayant connu la condition, l'atmosphère, la joie et le cœur d'un groupe d'écrivains « beatnik », à l'époque où elle dénigrait leurs thèses, au début des années cinquante, avant qu'ils ne soient connus (et diffamés) dans la presse américaine — Le sourire du silence, la tendresse d'écrire sous la lampe, la joie de savoir ce que l'Américain apprendrait de ces mots, et je sais comment cette affaire sonnait quand *Time*, *Life*, la télévision et les journalistes des quotidiens décrivaient ces artistes comme des voyous, des violents, des vandales sans cœur, des crétins attardés, Clifton Fadiman montrant une photo de moi à la télévision barbu tapant à la machine sur une portable sur une moto lancée à toute vitesse (je n'ai jamais possédé aucun de ces objets), ou encore le jour où j'étais en route pour l'épicerie avec 90 dollars pour faire 5 dollars de courses et acheter un billet de train à 85 dollars à la gare de l'autre côté de la rue, et juste au moment où j'ai fait signe au bus une voiture s'est arrêtée devant moi et deux journalistes m'ont dit de monter, ils allaient me conduire à l'épicerie, ce qui ne me plaisait pas parce que je voulais être seul dans le bus pour penser, donc je m'étais assis sur le siège arrière méditant et ajoutant quelques mots de remerciement ; et à la gare il me manquait 2 dollars pour le billet de train (après les courses) et j'ai emprunté 2 dollars aux journalistes — Dans le journal il était dit que j'avais « condescendu » dans ma grandeur à être conduit à l'épicerie et avais tout à coup ajouté : « Hé je vais à l'épicerie et j'ai oublié mon portefeuille, ha ha, pourriez pas me prêter deux dollars » (le clochard beatnik, le bohémien des latrines, l'escroc, le vagabond, le paumé) — La presse américaine avec sa longue figure à présent, une bande de tristes menteurs. Cette forme de flatulence post-prandiale de poltron.

J'ai même vu un mensonge éclatant en

1954 quand Joe McCarthy a fait l'une de ses rares remarques éclairées quant au progrès du communisme en Amérique et que dans la « transcription complète » du journal le lendemain, le passage avait été supprimé — Maintenant si je défends Khrouchtchev, Joe McCarthy et moi, ça ne fait pas de moi un Kommuniste, mais qu'arrive-t-il à l'Amérique quand des hommes sont tellement accrochés à leur emploi qu'ils sont prêts à mentir en public, un grand nombre d'entre eux, en faisant la supposition erronée que « les nouvelles » doivent être mauvaises, pas bonnes, ou bien personne ne s'y intéressera.

Qu'est-il arrivé à mon contemporain, le rouge-gorge, ce matin, Henry David Thoreau ?

Sept (août 1960)

Voyager n'est pas aussi bien qu'il y paraît, c'est seulement après que vous êtes revenu de toute la chaleur et de l'horreur que vous oubliez vos ennuis et que vous vous souvenez des scènes étranges que vous avez vues — Au Maroc je suis allé me promener par un magnifique après-midi ensoleillé et frais (avec une brise venant de Gibraltar, j'étais à Tanger) et mon ami et moi avons marché jusqu'aux faubourgs d'une étrange ville arabe en faisant des commentaires sur l'architecture, le mobilier, les gens, le ciel dont il disait qu'il serait vert à la tombée de la nuit et la qualité de la nourriture dans les différents restaurants de la ville, ajoutant, lui : « D'ailleurs je suis simplement un agent secret d'une autre planète et l'ennui c'est que je ne sais pas pourquoi ils m'ont envoyé, j'ai oublié ce sacré putain de message mon chéri », j'ai donc dit : « Je suis un messager du Ciel moi aussi », et soudain nous avons vu un troupeau de moutons qui venait sur la route et derrière un berger arabe d'une dizaine d'années qui tenait un petit agneau dans ses bras et derrière lui suivait la mère bêlant baa haa après son agneau pour prendre un soin tout spécialement particulier de son bébé, et le garçon lui a dit : « Egraya fa y kapata katapatafataya » en le crachant de sa gorge comme le font les Sémites — J'ai dit : « Regarde un vrai petit berger portant un agneau qui vient de naître », et Bill a dit : « Oh oui, ces petits bégueules courent toujours partout en portant des agneaux. » Puis nous avons descendu la colline vers un endroit où un saint homme, c'est-à-dire un fidèle Mahométan, s'était agenouillé pour prier vers le soleil couchant et Bill s'est tourné vers moi et a dit : « Est-ce que ce ne serait pas merveilleux si nous étions de vrais touristes américains et que je courais tout à coup avec un appareil pour prendre sa photo... » Puis il a ajouté : « ... Au fait, comment allons-nous le contourner ? — Par la droite », ai-je dit.

Nous avons pris le chemin du retour jusqu'au café en plein air, si animé, où tous les gens se rassemblent à la tombée de la nuit sous des arbres hurlant d'oiseaux, près du Soco Grande, et nous avons décidé de suivre la voie ferrée. Il faisait chaud mais la brise en provenance de la Méditerranée était fraîche. Nous sommes arrivés près d'un vagabond arabe assis sur un rail de la voie ferrée qui racontait le Coran à une bande d'enfants déguenillés qui écoutaient attentivement ou en tout cas docilement. Derrière eux se trouvait la maison de leur mère, une petite hutte en tôle, mais une tôle peinte dans le bleu pastel le plus beau qu'on puisse voir chez Cézanne ou sur la couverture d'*Escapade* d'août 1959 — Je ne savais pas ce qu'il faisait, j'ai dit : « C'est un idiot ou quoi ? — Non, dit Bill, c'est un pèlerin chérifien qui prêche l'évangile d'Allah aux enfants — il y a quelques saints hommes en ville qui portent des tuniques blanches et marchent pieds nus et empêchent les voyous en jeans de déclencher des bagarres dans la rue, ils arrivent et les regardent simplement et les autres fichent le camp. De plus, les gens à Tanger ne sont pas comme ceux du West Side à New York, quand il y a une bagarre dans la rue entre voyous arabes, tous les hommes sortent en courant des fumeries de *kif* et leur foutent une trempe. Ils n'ont plus d'hommes en Amérique, ils restent assis à manger leur pizza en regardant la dernière séance, mon cher. » Cet homme, c'était William Seward Burroughs, l'écrivain, et nous avancions à présent dans les ruelles étroites de la Médina en direction d'un bar et restaurant où tous les Américains se rendaient. J'avais envie de raconter à quelqu'un l'histoire du berger, du saint homme et de l'homme sur la voie ferrée mais ça n'intéressait personne. Le gros propriétaire hollandais du bar a dit : « Je n'arrive pas à trouver un bon cheune homme dans cette ville » (disant cheune homme, non jeune homme, mais voulant dire jeune homme) — Burroughs était plié de rire — De là nous sommes allés au café de fin d'après-midi où viennent s'asseoir tous les aristocrates décadents d'Amérique et d'Europe et quelques Arabes intenses et éclairés et sains (ou presque — Arabes ou diplomates ou quels qu'ils soient) — J'ai dit à Bill : « Où est-ce que je peux trouver une femme dans cette ville ? » (je venais à peine d'arriver sur un cargo yougoslave battant pavillon à étoile rouge) — Il a dit : « Il y a quelques putains qui traînent, il faut que tu connaisses le chauffeur de taxi ou quelque chose, ou mieux que ça il y a ce mec là en ville, de San Francisco,

Jim, il te montrera à quel coin aller et quoi faire », donc cette nuit-là moi et Jim le peintre on sort et on attend au coin et bien sûr arrivent deux femmes voilées, avec de délicats voiles de coton sur leur bouche et un peu remontés sur le nez, on ne peut voir que leurs yeux sombres, et elles portent de longues robes flottantes et on voit leurs chaussures se découper sur la robe et Jim siffle un taxi qui attendait et nous voilà partis vers la piaule qui était une sorte de patio avec carrelage surplombant la mer et un phare chérifien qui tournait et tournait, encore et encore, éclairant ma fenêtre à intervalles réguliers, tandis que, seul avec un des mystérieux suaires, je la regardais se débarrasser du suaire et du voile et je vis là debout une parfaite petite Mexicaine (ou plutôt Arabe), beauté parfaite et brune comme des raisins d'octobre (et peut-être comme le bois d'Ebon) qui s'est tournée vers moi, les lèvres entrouvertes sur un curieux « Qu'est-ce que tu fais debout comme ça ? », j'ai donc allumé une bougie sur mon bureau. Quand elle est partie, elle est descendue avec moi en bas où certaines de mes accointances de Birmingham, Angleterre, et du Maroc et des États-Unis tiraient sur des pipes d'« O » faites maison en chantant une vieille chanson de Cab Calloway, *I'm gonna kick the gong around.* Dans la rue elle était très polie quand elle est montée dans le taxi.

De là je suis allé à Paris, où il ne se passait rien si ce n'est que la plus belle fille du monde n'aimait pas mon sac à dos et avait rendez-vous avec un type à petite moustache debout une main dans la poche et un sourire méprisant aux lèvres devant les cinémas de nuit de Paris.

Hou. Et à Londres qui vois-je sinon une superbe, une divinement belle blonde, debout contre un mur à Soho interpellant des hommes bien habillés. Beaucoup de maquillage, avec ombre à paupières bleue, les plus belles femmes du monde sont certainement anglaises… sauf si, comme moi, vous les préférez brunes.

Huit (octobre 1960)

Zen c'est ne pas se laisser cravacher par des mots à son sujet, donc au moment où vous lisez ces mots que vos yeux ne fassent pas la mise au point et fixent simplement des pages floues.

Zen est comme un livre intitulé « Cette Existence » qui commence en disant : « Il y a quatre choses que vous pouvez faire avec ce livre : 1) le lire et le garder, 2) le lire et le jeter, 3) ne pas le lire et le jeter, 4) ne pas le lire et le garder. Il y a deux choses définitives à faire : 1) Ne pas s'en approcher du tout, 2) Qui a dit qu'un livre intitulé "Cette Existence" existait ? »

Zen est comme fixer un mot pendant plusieurs minutes jusqu'à ce qu'il perde entièrement toute signification, par exemple le mot CARRÉ, regardez-le, regardez ce « A », regardez ce « C » d'un côté et ce « É » de l'autre, et les ridicules combinaisons que sont « ARR » ou RRÉ » — Qui l'a inventé et de toute façon où se trouve situé l'esprit de chacun ?

Comme ce disciple qui voulait à tel point être éclairé qu'il se coupa le bras et le porta à Bodidharma qui dit : « Pourquoi ne m'as-tu pas apporté ton esprit ? » et le type répondit : « Comment puis-je dire où se trouve mon esprit ? » et Bodidharma dit : « Donc tu es déjà éclairé ? »

Le rabbin David Hartman m'a parlé de l'esprit : un homme avait dit à un petit garçon : « Je te donnerai un dollar si tu me dis où se trouve Dieu » — le petit garçon répondit : « Je te donnerai deux dollars si tu me dis où Dieu n'est pas. »

Zen est une paire de mains glissées sur vos yeux par-derrière et quelqu'un qui dit : « Devine qui c'est ? » et elles n'abandonneront pas tant que vous ne commencerez pas à devenir fou et alors vous regardez et c'est quelqu'un que vous avez complètement oublié.

Certains vieux maîtres zen de Chine et du Japon étaient très brillants, tel celui qui courait partout en disant à chacun : « Qui a traîné jusqu'ici ce cadavre pour toi ? » (essayez et regardez dans le miroir), ou tel celui qui pêchait toute la journée sans ligne et disait qu'il pêchait la Carpe Dorée (le poisson de la vérité).

J'ai eu un échange zen contemporain avec Allen Ginsberg, il était assis dans le jardin et a dit : « Pastèque », et j'ai dit : « Pourquoi ? » en allant dans la maison prendre une tasse de café, quand je suis ressorti j'ai dit : « Est-ce que ce ne serait pas horrible si les étudiants n'arrêtaient de demander pourquoi aux maîtres zen ? » et il a dit : « Particulièrement quand les maîtres zen ne savent pourquoi ils l'ont dit. »

Zen est la façon dont tu te sens quand tu te réveilles d'un rêve où tu as des ennuis dans un pays lointain et que tu te dis : « Oh mon vieux ! Je n'ai pas à faire tout le voyage de retour ! » Et tu ajoutes, en te retournant sur l'oreiller : « Je n'avais pas assez d'argent de toute façon. » Où est-ce que tu n'avais pas assez d'argent de toute façon — dans le rêve ou quelque part ? Croa ! Croa !

Zen c'est Peter Orlovsky voyant pour la première fois une femme en manteau de fourrure courbée sur une poubelle à la recherche d'un journal, alors il se penche vers elle et dit : « Vous êtes sûre que vous cherchez quelque chose ? »

Zen c'est comme d'avoir tout son courrier envoyé au Bureau des rebuts.

Zen c'est le type dingue qui crie : « Si tu veux me dire que les étoiles ne sont pas des mots, alors arrête de les appeler des étoiles ! »

Zen c'est la nuit au clair de lune quand je descends vers le lac et que la lune me suit au sud, et vous remontez le lac et la lune vous suit au nord : lequel la Véritable Lune suit-elle ?

Zen c'est Hegel disant : « Être et néant sont identiques. »

Zen c'est Victor Gioscia roulant à cent vingt à l'heure dans sa voiture et je dis : « Hui-neng a dit que depuis le début rien n'a jamais été », donc Victor dit : « O.K., au diable tout ça ! » et retire ses mains du volant et je hurle : « Non ! »

Zen c'est un homme balayant ses pas et ratissant ses feuilles.

Zen c'est la peur d'aller travailler mais dès que vous commencez à travailler tout est oublié. Ce haïku de Jôsô décrit cela et tout le zen, mieux que toute autre chose :

La pluie commence à tomber :
le couvreur se tourne
Et regarde la mer

Zen est aussi la promesse de la clémence telle qu'elle est représentée par la main gauche du Bouddha ouverte vers le Père Ciel et la main droite pointée vers la Mère Terre.

Neuf (décembre 1960)

Il y a dix ans mon bon copain Seymour Wyse de Londres a passé son doigt sur sa gorge et a dit : « Le jazz s'est suicidé. » Pas possible de prendre ce mot à la légère parce que dès 1941 il avait écrit un article intitulé « Lester Young a dix ans d'avance sur son temps », en collaboration avec moi, et nous l'avions posté à Barry Ulanov du magazine *Metronome* pour ne jamais plus entendre un mot à son sujet ni même récupérer le manuscrit. Mais je pense que même Seymour doit comprendre aujourd'hui que le jazz n'est pas encore tout à fait mort. Quand il avait quitté l'Amérique en 1951, il avait ajouté : « Mais Charlie Parker essaie de faire une chose impossible. » Je pense que la première percée depuis Charlie Parker a été accomplie par Ornette Coleman et Donald Cherry avec son petit cornet et que ça va ouvrir la voie, comme la voie de Parker, d'une toute nouvelle ère du jazz. Un autre signe d'une grande résurgence du jazz est la présence de centaines de grands solistes pour exécuter l'harmonie et le phrasé nouveaux. En voici quelques noms, instrument par instrument, noms anciens et noms nouveaux, la parade des grands pleureurs qui vont faire déferler la Nouvelle Vague du jazz. Imaginez simplement la liste des bassistes : en commençant par les réputations établies comme Percy Heath, Oscar Pettiford, Tommy Potter et Ray Brown, nous avons maintenant une nouvelle vague de bassistes connus et inconnus comme Doug Watkins, Paul Chambers, Sam Jones, Charley Haden (du groupe d'Ornette) (bassiste de l'avenir), Eddy

Jones, Johnny Orr, Herbie Lewis (un gamin), Spanky DeBrest, Wilbur Little, Keeter Betts, George Tucker, Quincy Jones, Mingus et toute une bande de bassistes dans un registre plus doux comme Dave Bailey, Gary Peacock, Dee Riley, Abdul Malik, Knobby Totah, Leroy Vinegar et Fred Katz qui joue du violoncelle, et ainsi de suite. À la trompette : en commençant par Miles, Diz, Donald Byrd et Nat Adderly, vous tombez sur un Clark Terry rajeuni, le délicieux Thad Jones, Bill Hardman (qui est dans la mouvance d'Ornette à présent), Chauncey Adams de Saint Louis, Boston Joe Gordon, Richie Williams, Dizzy Reese, le merveilleux et fluide Booker Little, Dupree Bolton (un autre gamin) et toute une série de trompettes West Coast et Soft Groove comme Jack Sheldon, Art Farmer, Tony Fruscella, Jon Eardley, Dicky Mills, Chet Baker (qui aurait pu être le plus grand et peut encore l'être). Je veux dire « phrasé plus doux ».

Par nécessité l'essentiel de cette chronique doit être composé de noms. Prenez le piano : le grand Thelonious Monk peut entrer dans l'histoire comme un des plus grands compositeurs qui aient jamais vécu, de musique purement et simplement, et il est suivi par Horace Silver, Bud Powell (qui se réveillait récemment à Paris) et Lennie Tristano qui a hiberné et pourrait exploser bientôt avec une bombe de « piano nouveau ». Derrière ces géants toute une bande de nouveaux venus jouent avec ce *tâtonnement* bouleversant que les amoureux du jazz aiment tant : Junior Mantz, Tommy Flanagan, Duke Pearson, Barry Harris et ce magnifique Russ Freeman plein de swing ; et regardez les noms : Buddy Montgomery, Walter Bishop, Elmo Hope, Horace Parlan, Winton Kelly, Freddy Redd, Red Garland (un étrange penseur en fait), Richie Hyams, Don Friedman, Ray Bryant, et ainsi de suite sur des panoramas infinis de piano : Walter Davis Jr., Mal Waldron, John Lewis du MJQ, McCoy Tyner, Jimmy Jones et d'autres qui m'échappent et les pianistes du nouveau type de jazz « funk » ou « swaying » comme Les McCann et Bobby Timmons. Pour les soutenir (j'ai oublié Randy Weston) vous avez toute une gamme de batteurs fabuleux en commençant bien sûr par Art Blakey et Philly Joe et Max Roach probablement les plus grands mais regardez le puissant Elvin Jones, Lex Humphries, Roy Brook, Billy Higgins (penseur original), le vieux Kenny Clarke toujours aussi grand, Shadow Wilson, Ocie Johnson, Connie Kaye, Louis Hayes, Chico Hamilton, Rufus Jones et les nouveaux batteurs comme Frank Butler et Albert Heath et Al Hairwood. Roy Haynes et Shelly Manne ne changeront jamais. Les guitaristes jouent des solos excellents : Kenny Burrell, Wes Montgomery, Billy Bean, Carson Smith, Johnny Smith ; et le vieux Billy Bauer rêve toujours au-dessus de ses cordes. Les joueurs d'alto phrasent de plus en plus vite et de mieux en mieux : Ornette Coleman peut jouer exactement comme Bird s'il le veut mais il s'est forgé une vision nouvelle ; Cannonball Adderley progresse encore ; derrière eux d'excellents nouveaux altos comme Sonny Redd de Detroit, John Handy III, Jack McLean, Charlie Mariano et Al Macusik ; et j'en oublie d'autres et beaucoup plus que Lou Donaldson, Lee Konitz (qui inspira en moi en 1951 l'envie d'« écrire comme il joue », le magnifique G.G. Gryce et bien sûr Art Pepper, Bud Shank et n'importe lequel de ces ténors comme Zoot Sims ou Sonny Stitt qui peuvent prendre un alto et le faire sonner aussi bien. Le ténor est mon instrument favori et les ténors aujourd'hui n'ont jamais été meilleurs : à commencer par John Coltrane, je dirais, un véritable « saint » de la musique qui, je crois comprendre, passe jour et nuit à jouer pour lui-même ou en public ; et le magnifique « retour » de Sonny Stitt qui était un pote de Bird et apparemment a traversé une période de silence (écoutez-le sur *Nevertheless*, ça vous brise le cœur) ; et Sonny

Rollins, l'irrésistible John Griffin, Hank Mobley, et un ténor que je crois énormément sous-estimé : Frank Foster. La grande nouvelle star du ténor : JUNIOR COOK. Et Harold Land, Benny Golson (talent total), Charlie Rause, Frank West, George Coleman, Jimmy Heath et dans la mouvance plus douce que j'ai déjà mentionnée : Stan « the Man » Getz, Zoot Sims, Phil Urso, Brew Moore, Ted Robinson, Jimmy Giuffre, Carmen Leggio et un ténor que j'aimais beaucoup qui se faisait appeler « George Jones ». Deux des plus grands joueurs de cornet qui aient jamais vécu, à égalité avec Bix et Hackett, jouent aujourd'hui : Donald Cherry et Don Joseph. Quiconque n'a jamais entendu Lester Young à la clarinette devrait trouver son bonheur avec Tony Scott et Buddy DeFranco. On a dit qu'il n'y aurait jamais plus de chanteurs de blues pour égaler Joe Turner et Jimmy Rushing mais nous avons soudain connu l'explosion avec Joe Williams et Ray Charles et pour ne pas mentionner Sonny Terry à l'harmonica. Les grands chanteurs de scat donnent à l'ancien scat un air malade, malheureusement : Johnny Hendricks, Babs, et le Roi, King Pleasure. Pepper Adams ouvre la voie pour ce qui est du baryton, terrain qui appartenait autrefois à Mulligan, Leo Parker et Cecil Payne. Les grands orchestres « Nouvelle Vague » peuvent encore apparaître : j'aime le grand orchestre de studio de Bill Bregman, Gil Evans, Les Brown et bien sûr Count Basie, et le nouvel orchestre de Duke Ellington fait à nouveau un malheur (*Hey Little Girl* notamment). Au trombone vous avez Curtis Fuller qui phrase si vite et si bien, Pee Wee Moore, J.J., Kai, Jimmy Nepper et Jimmy Cleveland. Même les flûtistes font entendre leur gémissement : Jerome Richardson, Paul Horne, Herbie Mann, et il y a un joueur d'accordéon du nom de Leon Sash qui me rappelle ce que nous aurions dû attendre de l'accordéon depuis longtemps.

Alors je vois Seymour confortablement

assis dans un bon fauteuil anglais tandis que le vieux soleil descend sur les toits de Londres, en train d'écouter ses disques américains du nouveau jazz, sans bouger, en train d'écouter, de comprendre que le jazz n'est pas mort du tout. Hé Seymour !

Dix (avril 1960)

La ROUTE DÉMENTE, solitaire, débouchant au-delà du virage dans l'espace ouvert sur les neiges horizontales de Wasatch promises à nous dans la vision de l'Ouest, hauteurs en arête au bout du monde, côte du bleu Pacifique en nuit étoilée — lunes en demi-banane sans os penchées dans le ciel nocturne embrouillé, tourments des grandes formations dans la brume, l'insecte invisible recroquevillé dans la voiture qui fonce, illuminé. — La coupe franche, l'ennui, la butte, l'étoile, la Taffe, le tournesol dans l'herbe — les terres occidentales d'Arcadie à fond orange, les sables mornes de la terre isolée, étendues de rosée à l'infini dans l'espace noir, demeure du serpent à sonnette et du spermophile... le niveau du monde, bas et plat : la route muette et sans voix chargeant infatigablement mordant dans le trajet en un sursaut de la toile, intrigues fabuleuses des propriétaires dans les imprévus verts, fossés sur le côté de la route, au moment où je regarde d'ici vers Elko le long de cette aiguille parallèle aux poteaux téléphoniques je peux voir un insecte jouer dans le soleil brûlant — swush, tape-toi un stop sur le train de marchandises le plus rapide, dépasse la fumée, trouve les cuisses, dépense tes pépettes, lève le voile, baise l'étoile du matin dans le verre du matin — route démente qui emmène les hommes au loin. Les réseaux dessinés au crayon de notre moindre souhait se mélangent dans le voyage de l'horizon, le nuage à gros nez s'assombrit dans la traînée boueuse d'une distance sans voix, les nuages en moutons noirs forment une ligne parallèle aux eaux du CBQ — rochers du Little Missouri en série qui hantent les landes, champs bruns durs et secs qui roulent au clair de lune avec l'éclat d'un cul de vache, poteaux téléphoniques cure-dents du temps, « parsemant l'immensité » le voyageur fou de l'automobile solitaire impose son intense insignifiance toute en plaques et permis dans la vaste promesse de la vie… le choix d'épouses tragiques, lunes. Videz vos cuvettes dans le vieil Ohio et l'Indien et les plaines d'Illini, faites couler vos grands fleuves boueux à travers le Kansas et les terres de boue, Yellowstone dans le Nord gelé, percez des trous de lac en Floride et à L.A., élevez vos cités dans la plaine blanche, dressez vos montagnes, ornez l'ouest, parez l'ouest avec de vaillantes falaises d'arbustes s'élevant à des hauteurs prométhéennes et à la renommée — implantez vos prisons dans le bassin de la lune Utah — poussez du coude les tâtonnantes terres du Canada qui finissent dans les baies de l'Arctique, renversez la hampe de votre cou mexicain, Amérique, Cody rentre chez lui, rentre chez lui.

... Chez lui en Californie enfin où avec femme en nouvelle lune de miel sur les trottoirs de Market Street pour garçon fille romantiques de San Francisco, je les vois passer comme des publicités pour l'avenir — brillants, jolis, Cody les cheveux en bataille et rabattus par le vent sur son front, un tee-shirt, blanc comme neige à présent, sous une veste d'un tweed élégant et pas cher, pantalon repassé, plissant et pliant dans la marche au soleil, étonnantes chaussures sur le triste trottoir gris, ses mains tenant les siennes, les bras pliés, avec un demi-sourire, un jeune Irlandais presque joli et certainement beau gosse, et elle la vraie poupée bien sûr avec nattes blondes relevées et tailleur chic et talons hauts et sac à main (une veste en daim, nom de Dieu, avec une ceinture en daim tressée), motif à chevrons en tweed et velours sur le pardessus

— C'est Cody durant les premiers jours de son mariage reformé. Il est une institution à lui tout seul. Il a la force du bourgeois et du lumpenprolétariat à la fois, il s'est démarqué de Marx, c'est le vrai gars… Ses enfants regarderont la photo de cette vision et diront : « Mon papa était un jeune type costaud en 1950, il frimait dans la rue aussi mignon que possible et malgré tous les petits ennuis il avait cette force et cette détermination irlandaises — ah cercueil ! manges-tu la vieille force pour ton repas et rejettes-tu des vers ? »

Comment les enfants tragiques peuvent-ils raconter ce que leurs pères ont tué, apprécié et ce qui les a enjoués et tués pour en faire moisson comme légumes et fruits tombés dans un panier… l'homme, ce pauvre engrais.

« Comment pouvait-il alors — et comme ils disent, après une série exténuante de voyages à travers le pays dans des voitures d'occasion et avec — et les nuits, les bagarres, les larmes, les réconciliations, les départs, les rabibochages, en fait tous les mariages — alors là il sourit dans sa jeunesse, mon père, mon Cody — et maintenant quelle écuelle, quelle histoire de boîte… » Te Deum, les enfants imagineront des dieux pour leurs pères et des mythes pour les erreurs oubliées de l'anonymat à l'obscurité — pas d'espoir cependant de glaner le secret du côté de nos ancestraux eux qui nous engendrent et elles qui nous font. Il engendre, elle fait : dans le maïs ils chantent. Béni soit le Seigneur, les Humbles, l'union de ces deux âmes amen. Prions dans les grandes pluies sombres d'un carnage… demandons la connaissance… trouvons un dossier pour appuyer notre doute.

« *Tutta tua vision fa manifesta, e lascia pur grattar.* » Ces lignes sont les fondations d'un grand dessein.

COLLECTION FOLIO 2€

Dernières parutions

5636. Collectif	*Jouons encore avec les mots. Nouveaux jeux littéraires*
5637. Denis Diderot	*Sur les femmes* et autres textes
5638. Elsa Marpeau	*Petit éloge des brunes*
5639. Edgar Allan Poe	*Le sphinx* et autres contes
5640. Virginia Woolf	*Le quatuor à cordes* et autres nouvelles
5714. Guillaume Apollinaire	*« Mon cher petit Lou ». Lettres à Lou*
5715. Jorge Luis Borges	*Le Sud* et autres fictions
5717. Chamfort	*Maximes* suivi de *Pensées morales*
5718. Ariane Charton	*Petit éloge de l'héroïsme*
5719. Collectif	*Le goût du zen. Recueil de propos et d'anecdotes*
5720. Collectif	*À vos marques ! Nouvelles sportives*
5721. Olympe De Gouges	*« Femme, réveille-toi ! » Déclaration des droits de la femme et de la citoyenne* et autres écrits
5722. Tristan Garcia	*Le saut de Malmö* et autres nouvelles
5723. Silvina Ocampo	*La musique de la pluie* et autres nouvelles
5758. Anonyme	*Fioretti*
5759. Gandhi	*En guise d'autobiographie*
5760. Leonardo Sciascia	*La tante d'Amérique*
5761. Prosper Mérimée	*La perle de Tolède* et autres nouvelles
5762. Amos Oz	*Chanter* et autres nouvelles
5794. James Joyce	*Un petit nuage* et autres nouvelles
5795. Blaise Cendrars	*L'Amiral*
5797. Ueda Akinari	*La maison dans les roseaux* et autres contes
5798. Alexandre Pouchkine	*Le coup de pistolet et autres récits de feu Ivan Pétrovitch Bielkine*
5818. Mohammed Aïssaoui	*Petit éloge des souvenirs*
5819. Ingrid Astier	*Petit éloge de la nuit*

5820. Denis Grozdanovitch	*Petit éloge du temps comme il va*
5821. Akira Mizubayashi	*Petit éloge de l'errance*
5835. F. Scott Fitzgerald	*Bernice se coiffe à la garçonne* précédé de *Le pirate de la côte*
5836. Baltasar Gracian	*L'Art de vivre avec élégance*
5837. Montesquieu	*Plaisirs et bonheur* et autres pensées
5838. Ihara Saikaku	*Histoire du tonnelier tombé amoureux*
5839. Tang Zhen	*Des moyens de la sagesse* et autres textes
5856. Collectif	*C'est la fête ! La littérature en fêtes*
5896. Collectif	*Transports amoureux. Nouvelles ferroviaires*
5897. Alain Damasio	*So phare away* et autres nouvelles
5898. Marc Dugain	*Les vitamines du soleil*
5899. Louis Charles Fougeret de Monbron	*Margot la ravaudeuse*
5900. Henry James	*Le fantôme locataire* précédé de *Histoire singulière de quelques vieux habits*
5901. François Poullain de La Barre	*De l'égalité des deux sexes*
5902. Junichirô Tanizaki	*Le pied de Fumiko*, précédé de *La complainte de la sirène*
5903. Ferdinand von Schirach	*Le hérisson* et autres nouvelles
5904. Oscar Wilde	*Le millionnaire modèle* et autres contes
5905. Stefan Zweig	*Découverte inopinée d'un vrai métier* suivi de *La vieille dette*
5935. Chimamanda Ngozi Adichie	*Nous sommes tous des féministes* suivi des *Marieuses*
5973. Collectif	*Pourquoi l'eau de mer est salée* et autres contes de Corée
5974. Balzac	*Voyage de Paris à Java* suivi d'*Un drame au bord de la mer*
5975. Collectif	*Des mots et des lettres. Énigmes et jeux littéraires*
5976. Joseph Kessel	*Le paradis du Kilimandjaro* et autres reportages

5977. Jack London	*Une odyssée du Grand Nord* précédé du *Silence blanc*
5992. Pef	*Petit éloge de la lecture*
5994. Thierry Bourcy	*Petit éloge du petit déjeuner*
5995. Italo Calvino	*L'oncle aquatique* et autres récits cosmicomics
5996. Gérard de Nerval	*Le harem* suivi d'*Histoire du calife Hakem*
5997. Georges Simenon	*L'Étoile du Nord* et autres enquêtes de Maigret
5998. William Styron	*Marriott le marine*
5999. Anton Tchékhov	*Les groseilliers* et autres nouvelles
6001. P'ou Song-ling	*La femme à la veste verte. Contes extraordinaires du Pavillon du Loisir*
6002. H. G. Wells	*Le cambriolage d'Hammerpond Park* et autres nouvelles extravagantes
6042. Collectif	*Joyeux Noël ! Histoires à lire au pied du sapin*
6083. Anonyme	*Saga de Hávardr de l'Ísafjördr. Saga islandaise*
6084. René Barjavel	*Les enfants de l'ombre* et autres nouvelles
6085. Tonino Benacquista	*L'aboyeur* précédé de *L'origine des fonds*
6086. Karen Blixen	*Histoire du petit mousse* et autres contes d'hiver
6087. Truman Capote	*La guitare de diamants* et autres nouvelles
6088. Collectif	*L'art d'aimer. Les plus belles nuits d'amour de la littérature*
6089. Jean-Philippe Jaworski	*Comment Blandin fut perdu* précédé de *Montefellóne. Deux récits du Vieux Royaume*
6090. D.A.F. de Sade	*L'Heureuse Feinte* et autres contes étranges
6091. Voltaire	*Le taureau blanc* et autres contes

Composition Nord Compo
Impression Novoprint
à Barcelone, le 25 avril 2016
Dépôt légal : avril 2016
1er dépôt légal dans la collection : août 2012

ISBN 978-2-07-043658-3./Imprimé en Espagne.

306181